GRRRRRR
GRRRRRRRR
CRAK
QU'EST-CE QU'IL...
MAIS QU'EST-CE QU'IL S'EST PASSÉ ?

FFFFFF
PILOU !

?
PILOU !
CRAC
SPLATCH

REVIENS !
ALOUETTE !
T'AVAIS PROMIS QU'ON RESTERAIT ENSEMBLE !

Ne m'abandonne pas !

PILOU !
TIENS BON !
JE REVIENDRAI TE CHERCHER COÛTE QUE COÛTE !

PFRTT

SQUEEE
SQUEEE
GRAT
GRAT
GRAT
GRAT
SIP
SIP
GRAT
GRAT

BROODO
SQUEEE
SQUEEE
Décidément...

ATTENTION !
ÄÜÜÜÜÜÜÜÜÄ
CROC

RRRR
¡¡¡¡¡¡¡¡
RRRRRR
RRRRRR
RRRRRR
Viens avec moi, roi !
Vaut mieux pas traîner ici !
FFFF
J'ai compris !
Je m'en vais !
FFFF
Mais qu'est-ce que c'est que cette île ?!

Tout ça ne peut pas être vrai!
Je vais me réveiller bientôt !
Et il y aura Pilou à côté de moi...
FFRR FRRR
FRRR FRRR
GLOUPS
!

QU'EST-CE QUE C'EST QUE CE TYPE ?
JE VAIS ME RÉVEILLER.
JE VAIS ME RÉVEILLER.

C'est juste un arbre !
J'ai de la chance, ce sont les mêmes que tout à l'heure !
Ça ira mieux après avoir mangé...

CROC

SNIF
SNIF

RAAARRRR
?
RRRRRRR
RRRRR

RRRRrrrr
TSHING
FFFFSHHHHHHHHHH

TSHING
Eh bien ?
Tu crois que je ne t'ai pas vu ?
TSHING
Je te préviens...
Si tu me manges, je risque de te donner mal au ventre.

Alouette ?
Pilou ?
Pilou ? C'est bien toi ?
Évidemment, que c'est bien moi, qu'est-ce que tu racontes ?
Surtout, ne t'en fais pas. Je reviendrai te chercher dès que possible !
Mais de quoi tu parles, enfin ? Je suis juste à côté de toi !
Quoi ?

Alouette, tu m'écoutes ?
C'est toi qui es responsable.
Et si la pâte n'est pas terminée quand je reviens, vous allez voir !
Je vous ferai passer l'envie de dormir.
OUI MONSIEUR !!!!!
CLAC!
C'est le moment, Pilou !
On a dix minutes.

Je le vois !
Il est bien sorti...
... il s'éloigne...
Ça y est, c'est bon ! Il a passé le coin.
Il va faire une de ces têtes quand il verra qu'on est partis !
Attends-moi devant la grande porte.
J'ai oublié un truc !
Hé Hé Hé
PROOT
Demain, ça sera du pain au chocolat !

Et s'il nous retrouve ?
Quand on sera loin, il n'aura plus aucune chance de nous retrouver !
Fais-moi confiance !
Allez, on compte jusqu'à trois et on sort !
Un...
Deux...
Trois !
Attends-moi ! Tu vas trop vite !
Faut surtout pas qu'on traîne dans le quartier !
Dépêche !
PLAF
EH BIEN !
Qui vient ainsi me tourmenter ?
HOOOONTE !
HONTE À VOUS ! MALMENER UN PAUVRE AVEUGLE !

BROOOOO
Moi aussi, j'ai faim !
Quand est-ce qu'on mange ?
RRRRR
zzzzzz
Écoute bien : je vais prendre une caisse.
Mais toi, tu resteras ici, en dessous, d'accord ?
D'acc' !
Et si le type se réveille, tu lui fais un croche-patte, compris ?
AU VOLEUR !
RAAAAH ! SALES GOSSES !

HÉHÉHÉ !
On l'a bien eu !
On est trop forts !
P'tite tête de pomme, va !
FROT FROT
AÏE !
AÏE !
Allez, je meurs de faim !
Prends ça !
CROC
CROC
mâche mâche
SNIRFL.
Pilou ? Ça ne va pas ?
BEUUUUARRR
Mais enfin, qu'est-ce qu'il se passe ?
T'inquiète pas !
On va s'en sortir !
C'EST PAS ÇAAA...
SNIRFL !
J'AI DE LA CHANCE DE T'AVOIR.
Moi aussi, Pilou, moi aussi.
À deux, on a réussi !
OUI.
Tant qu'on est ensemble, il ne peut rien nous arriver.

Tu vas mieux ?
Quoi ?
Mais quoi ?
BOUGE PAS !
Holà Holà Holà
Repose donc ce caillou !
Tu crois que je soigne les gens pour les manger après ?
Allez, pose ça...
N'approche pas !
OK, OK ? Tout doux !
Garde ce caillou si ça te fait plaisir !
Mais je te préviens : avec ce que tu as bouffé, tu as de la chance d'être encore parmi nous...
Donc n'en fais pas trop !
BOM !
ATTENTION ! Je n'hésiterai pas à frapper !
T'as fini, oui ?
CHOPE

Comment je peux savoir que tu vas pas essayer de m'étrangler dans cinq secondes ?!
Crois-moi, ici, il vaut mieux se serrer les coudes...
Il se passe de drôles de choses, sur cette île...
Vu ta tête, tu as déjà remarqué !
Je pensais avoir rêvé...
Peut-être, peut-être pas.
Ne t'inquiète pas, tu t'y feras assez vite !
Je ne resterai pas longtemps ici, de toute manière.
HAHAHA !
En tout cas, tu auras plus de chances de survie avec nous !
NOUS ?
Vous êtes nombreux ?
MAIS TU AS RAISON !
JE MANQUE À TOUS MES DEVOIRS !
Je suis Orville, humble gentilhomme que la mauvaise fortune a conduit jusqu'ici !
À qui ai-je l'honneur ?
Allons, ne sois pas timide !
Alouette.
ALOUETTE !
CHARMANT !

Eh bien, Alouette, aujourd'hui, c'est ton jour de chance !
Tu vas visiter ce domaine et ses abords avec son propriétaire, seigneur et protecteur.
C'est-à-dire moi !
Mais... et les autres ?
Vous êtes combien ?
Moi, mon bras droit, et les chiens.
Nous sommes quatre.
Quand je suis arrivé sur l'île, il n'y avait que Whisky qui y habitait.
Naturellement, je l'ai promue au titre de bras droit.
Tiens, la voilà !
Elle est née sur cette île.
Elle connaît tout par cœur.
Enfin, entre nous, elle n'a aucune notion de morale et de bienséance...
C'est elle qui s'occupe de retaper tout ce bazar.
Elle est douée, tu sais !
Tu as dormi dans le petit château.
Là, on passe par l'avenue principale.
AH !
Je vais pouvoir te présenter Porto et Rhum.

WAF WAF WAF
Ouh là ! On se calme !
Fiiiiiiiii
Sacrés clébards !
PFIOU
Ici, c'est la future réserve.
On pourra en mettre, des trucs, ici !
C'est bien ! Tu écoutes sagement !
POF
POF
Aaah, tu n'imagines pas comme ça me fait plaisir de t'avoir parmi nous !
Mais dis-moi, toi...
Tu viens d'où ?
Comment es-tu arrivé ici ?
Tu viens de l'Empire ?
S'il te plaît, raconte-moi !
Tout doit avoir tellement changé !
...
Allez, Souris donc un peu !
Maintenant que t'es là, on va s'amuser !
CHOPE !

Heureusement que ma petite mère est là pour me rappeler les bonnes manières...
HÉ, REVIENS !

Décidément, je suis pas doué pour les présentations.
Non...
Ne me remercie pas de t'avoir sauvé la vie !
Tout le mérite revient à ma nature généreuse.
Mais dis-moi, qu'est-ce que tu as, à vouloir tout le temps patauger ?

Je dois retourner là d'où je viens le plus rapidement possible !
Là d'où tu viens ?
HAHAHAHA !
Tu es de bien bonne compagnie, gamin !!
Oh là là ! Dieu sait que j'ai navigué !!
Pourtant, ça fait bien longtemps que j'ai laissé tomber l'idée !
Tu devrais faire pareil !
Déjà, parce qu'on est trop loin, tout simplement.
Et puis, j'ai essayé quelques fois, mais il y a un énorme serpent qui attaque tout ce qui veut sortir d'ici.
Un monstre.
Je dois y retourner.
Essaie d'abord de survivre !
Mon frère a besoin de moi.
En tout cas, tu peux rester avec nous, si tu veux.
SPLATCH

ALLEZ-VOUS-EN, TAS DE MERDEUX !
Partez !
Ici, c'est chez moi.
SPLATCH
z'êtes nouveaux ici ?
Hé, mais c'est qu't'es une minette, toi !
SPLATCH !
AARRR
Reviens ! Hé !

Allez, courage !
!
Baisse la tête.
On avance dou-ce-ment.
Alors, sale gueux, on ose me regarder dans les yeux ?
PITIÉ !!
HA HA HA HA HA
C'est bon, on est loin.
HÉ, PSSST !
PSSST !
Si on nous demande, tu dis que le patron nous a envoyés faire une course.

CHEF ! VL'A DEUX VAGABONDS ! VITE !
COURS !
ILS SE BARRENT !
PLUS VITE !
Attends-moi !
Tu vas trop vite !
Courage, Pilou !
Ça va aller.
SNIF
Ça va aller. Ça va aller... Tu vas voir.
Tu te rappelles de la chanson pour s'endormir ?

Attends.
Na Na Naaa.
C'est ça!
Dors, dors, dors, reste bien au chaud.
Il pleut trop pour tes petites ailes.
Dors, dors, dors, reste dans ton cocon.
Demain, tu voleras dans l'ciel !
Ça faisait longtemps !
?
Tu as presque la même voix qu'elle !
EH BIEN ! C'EST PAS LA JOIE, ICI !

Je vais pas vous manger !
Alors, qu'est-ce qu'il y a ?
Pourquoi ces mines piteuses ?
Et puis, vous êtes tout crades !
Prenez ça !
Vous devez avoir faim !
MAIS PRENEZ, ENFIN !
Allez, suivez-moi !
On a une planque pas loin, avec des amis à moi.
C'est par ici !

Bienvenue chez vous !
Je vous présente Lia...
Paulo...
Bibi...
Joss...
Alsa...
et Péco.
Par là-bas, il y a des paillasses.
Avec vue sur la mer.
Ici, on a fait un petit escalier pour avoir accès à l'eau.
Si jamais...
Par là, on a les réserves.
Tu parles dans le vide, Dédé !
...
On peut dire qu'ils avaient sommeil !

PAC PAC PAC PAC
PAC
PAC PAC PAC
HOLÀ, HOLÀ !
Mais arrête, enfin ! Tu vas t'attirer des ennuis !
Cette forêt est vivante, tu sais !
D'ailleurs, souris un peu... En ce moment même, elle nous regarde.
Ce buisson a l'air suspect...
Mais, entre nous, construire un radeau est inutile.
Il faut juste s'y faire...
On va tous mourir ici...
HiHiHi !
HiHiHi !

PAC PAC PAC
PAC
PAC
PAC PAC
PAC PAC PAC PAC
AAAA
Pourquoi tu coupes cet arbre ?
Pour rien.
PAC
PAC
PAC
PAC PAC PAC
MAIS VA-T'EN !

PAC
PAC
PAC
SALETÉ DE BRANCHE !
TU VAS TOMBER, OUI OU NON ?!
BONK
KRRRR RRRRRR
AÏE !
AÏE !
AÏE !
CHOP
Tu dois faire plus attention.
TCHAC

KRRRRRR
C'est pas avec ça que je vais faire un radeau...
RRRRR
RRRRRRRRRR
SHTOK
PLIC

Allez, viens ! Ne reste pas tout seul !
JE ME DÉBROUILLE !
Mais enfin, c'est complètement stupide !
BAS LES PATTES, BRUTE ÉPAISSE !
Voilà ! Tu vois, quand tu veux ?
LÂCHE-MOI !

Tu y retourneras après la pluie.
T'inquiète, on ne va pas te manger !
De toute façon, t'es bloqué ici avec nous.
Ici, tu es chez toi !
C'est pour toi !
Prends !
Allez, prends !
Franchement, on n'a même plus faim.
Voilà !
GRMBLL...
Quoi ?
Merci.
Mais de rien !
Avec plaisir !

FFFFFFFFFFFF
Comment se fait-il que vous ayez tous ces objets ?
Ah, ça…
On en retrouve parfois sur la plage…
Tu veux jouer avec moi ?
Non.
On a la tête dure, n'est-ce pas ?
TOC TOC
TOC
Quand j'avais ton âge, c'était pareil.
J'étais têtu comme un âne !
Je voulais avoir l'air adulte comme mes frères, alors je faisais tout pareil qu'eux.
ailleurs, mon
ère, qui avait
onnête, m'ad

puis je voul
e premier sin
tirer l'atte
!
Eh bien, dis-le, que ça ne t'intéresse pas, ce que je raconte !!!
C'EST QUOI, ÇA ?
Attention, ça coupe !
C'est le dernier vestige de ma vie civilisée.
J'étais capitaine d'un galion de la troisième escadre de la flotte impériale.
J'ai servi l'Empereur avec la plus grande fierté. Nous avons nettoyé les mers et les routes commerciales de bandits en tous genre.

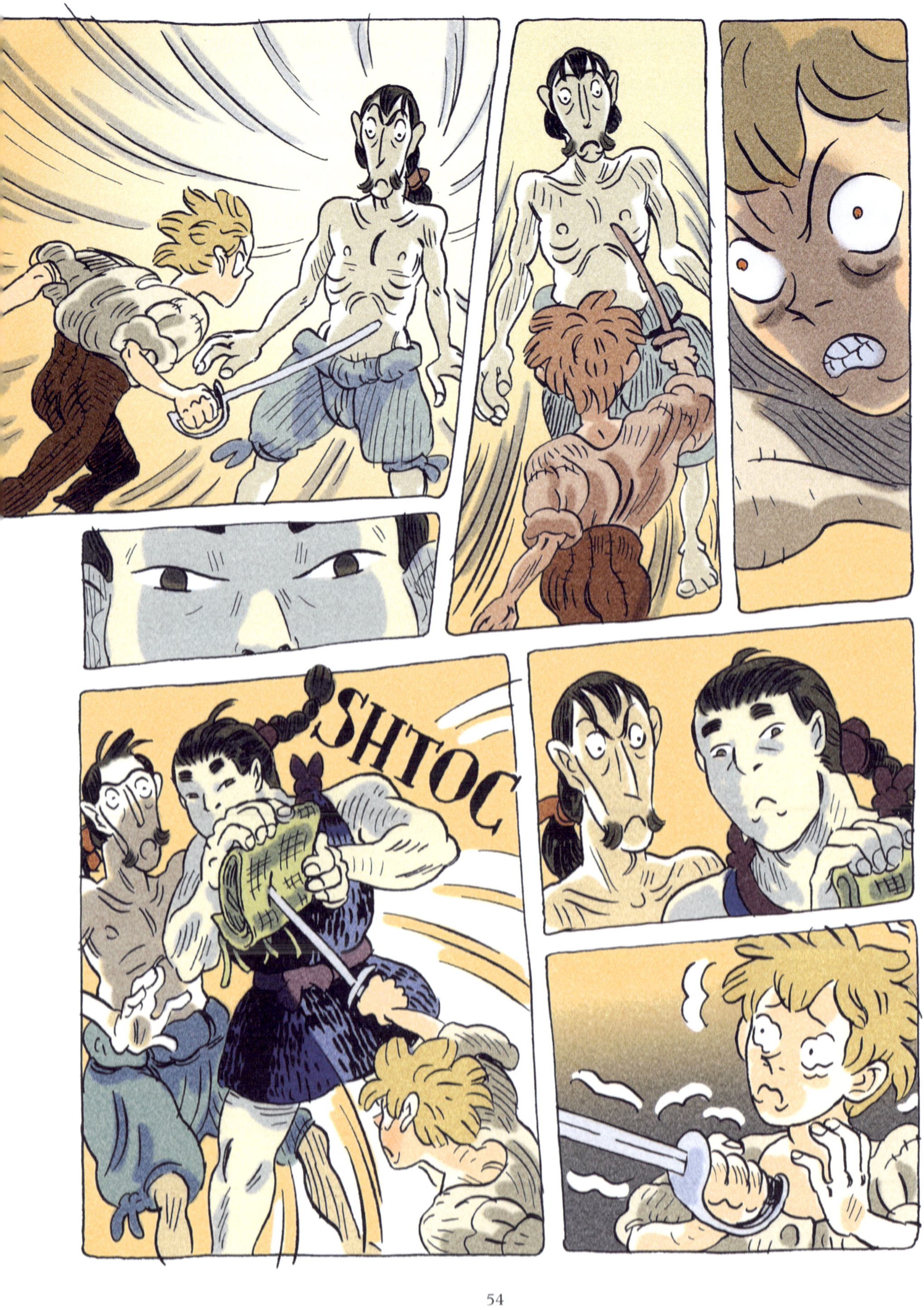
SHTOC

MAIS ÇA VA PAS, NON ?
...
PARDON !!!
JE NE SAIS PAS CE QUI M'A PRIS !
Tu es complètement dingue, gamin ! Voilà ce qui se passe !
Contrôle-toi !
Je suis peut-être dingue, mais j'ai pas de sang sur les mains, môssieur.
AH oui ? Alors ça, c'est le pompon !
Tu devrais avoir honte d'avoir traîné là-dedans.
De quoi tu parles ? Je suis fier d'avoir servi ma patrie et l'Empereur !
Vous êtes pires que des rats.
RETIRE TOUT DE SUITE CE QUE TU VIENS DE DIRE !
Des rats.
DANS CE CAS, TU VAS MOURIR !
EN GARDE !

ASSEZ !
Maintenant, on va tresser ensemble.
Au travail !
?
!
JE TE PRÉVIENS...
Chut.

ZZZZZZZ.
AAAAAH NOOOOON !
JE NE VOULAIS PAS !
VA-T'EN ! VA-T'EN !
FICHE-MOI LA PAIX !
ZZZZ
ZZZZ

Wiks ?

Je t'ai vu.
Tu veux quoi ?
Rien !
J'ai entendu du bruit et je voulais savoir ce que c'était.
Tiens, tant que tu es là...
On va pouvoir récolter.
Récolter ?
HOO HOO HOO
Oui, il faut récolter avant le lever du soleil, sinon les fruits sont toxiques.
C'est là !
On monte !
Fais attention, les feuilles coupent fort.
Pourquoi tu veux faire croire que tu es un garçon ?
Quoi ?!

Je ne suis pas stupide.
Tu peux monter seule? Je suis trop lourde.
Les fruits sont là, plus haut.
J'aime pas les cheveux longs.
C'est tout.
GRIFF
AÏE!
Moins vite! Je ne peux pas les attraper!
C'est assez.
Tu peux arrêter.

Tu t'en es bien sortie.
Toi aussi, tu as senti une présence, tout à l'heure ?
Je crois que cette bête te suit.
Tu as déjà eu affaire à elle avant ?
Non.
Enfin, peut-être que je l'ai déjà vue une fois.
Mais je délirais, c'était sûrement rien qu'un rêve...
Ah oui ?
Est-ce que tu sais pourquoi elle t'en veut ?
Y a pas de raison.
Dans ma ville, personne n'avait de raison de nous en vouloir, à mon frère et moi.
Ils voulaient juste qu'on disparaisse. C'est tout.

Qui ça, "ils" ?
Tout le monde.
Je les déteste.
Et tes parents ?
...
Quand je suis arrivée sur l'île, je ne me souvenais plus.
Mais plus je passe du temps ici...
Plus je me rappelle à quel point je les déteste.
Tous !
Les marchands.
Les moines.
Les gardes.
Les vagabonds.
Les maîtres.
TOUS !
HHHH
ILS VOULAIENT QUE JE DISPARAISSE !
Mais moi, je leur ai échappé.
Je suis en vie !

Et moi,
j'ai besoin
de personne !
PERSONNE !
REGARDE !
JE SUIS
LIBRE !
ET
VIVANTE !
Alouette...
ILS
ESPÉRAIENT
NE PLUS
M'ENTENDRE
!!!
RATÉ !
ON NE PEUT
PAS GAGNER À TOUS
LES COUPS !!!
REGARDE COMME
JE SUIS EN VIE !
JE COULE
DE VIE !

PLAF
MAIS LÂCHE-MOI !
ALLEZ !
PAF
LÂCHE-MOI !
Respire.
RAAAAAAHH
Respire avec moi.
Fais-moi confiance.
HHHHH
PFFF
PFFF
Continue.
C'est très bien.
HHHHH
PFFFF
HHHH
PFFF
HHHH
PFF

Montre-moi tes coupures.
?
MÂCHE MÂCHE
Donne ton bras.
Ça va te faire du bien.
Tu verras, ça guérira plus vite.

Merci.
Je suis fatiguée.
ZZZZZZ
Qu'est-ce qu'il se passe ?
Chhht... Tout va bien.

T'aurais pas pu te coller encore plus, toi ?
Salut.
Salut !
Alouette ! Tu vas bien ? Tu as réussi à dormir ?
Oui, merci.
Ce soir, tu feras la manche avec Joss et Lia, ça te va ?
Oui, bien sûr.
Pas de problème.
Génial ! On se passera de ton frère, il est un peu jeune pour ça.
Ah oui, d'accord.
BÂILLE
On va où ?
Aaah, Pilou ! Tu as bien dormi ?
Tiens, prends un peu de gruau. Il est encore chaud.
Merci.
On va où ?
PSSST PSSST
Tu demanderas de meilleurs vêtements à Joss. On va en ville.

On y est bientôt ! Ça va aller, entre filles ?
Quoi ?
Tu restes pas ?
Disons que je ne rentrerai pas dans la maison.
Mais Joss t'expliquera tout !
Oui, t'inquiète !
On y est.
Tu vas suivre les filles.
Moi, je dois parler à quelqu'un.
Allez, suis-nous !
À L'OISIN
Salut, les filles !
Ah, tu es nouvelle, toi !
Suis-moi.
Ça va aller !
On se voit plus tard !

Ne bouge pas, petite !!
Mais c'est quoi, ça ?
Bon, avec le client, il faut SOU-RI-RE.
Le client ?
Ben oui, ma petite !
Tiens, au moment où la porte se ferme, tu avales ça.
Ça ira mieux avec ça, fais-moi confiance.
Tu souris, et ne t'inquiète pas.
Je garderai un œil sur toi !
AH ! Tu es là, toi !
Tu as de la chance, un client t'a déjà remarquée.
La chambre quatre est libre.
C'est en haut. Je vais t'y conduire.
N'oublie pas les baies que je t'ai données.
Ça va aller !
POC
POC
!

ALOU !
Mais ?! comment t'es arrivé là ?
Tu n'as rien à faire ici !
Il faut que tu partes !
Mais, Alou...
Je te rejoins dans une heure.
KLAK
Ça va bien se passer.
Ça va bien se passer.

Quelle magnifique chevelure...
AAAAA
?
KRAK

J'ai... J'ai pas fait exprès...
AAAAARRH !
AAAARRH
MA TÊTE !
Mais qu'est-ce qu'il se passe ?
AAAAA
Monseigneur, ne bougez pas !
A L'OIS

À L'ASSASSIN !
Alouette, il se passe quoi, là ?
MAIS REVIENS !
N'AIE PAS PEUR !

Alou ? ça va ?
FFFF
Mais arrête, Alou !
JE N'EN VEUX PLUS.
REGARDE-MOI.
JE SUIS MIEUX COMME ÇA, TU NE TROUVES PAS ?
DO
DOM

DO DOM
DO DOM
C'est mieux comme ça, je te dis !
DO DOM
... mieux comme ça...
DOM
RRRRRRRR
?
RRRRRRR
DOM

DOM
DOM
DOM
DOM
DOM
DOM
ERRR
DOM
ERRR
RR
R
DOM

AAOOOOOOOOOOOOOO

Il y a un problème ?
Le…
Le…
Tu n'as pas vu le…
Le quoi ?
Eh bien, le…
Bon, bon… Moi, j'y vais.
J'ai des trucs à faire.
Mais il est fou, lui !
T'irais pas le chercher, au lieu de dire des bêtises ?

C'est pas mon problème.
Après tout, bon débarras.
ATTENDS-MOI !
Quoi encore ?
C'est très dangereux.
C'est toi qui es dangereux !!!
D'ailleurs, pourquoi tu me suis avec ta pique ?
Je ne vais quand même pas te laisser te faire étriper par une bête féroce !
PFFF...
LÂCHE-MOI UN PEU !
Tu sais, j'ai repensé à ce que tu disais hier...
À propos du fait que j'étais dans la navale.

Tu me juges, tu me juges, mais si le mec devant toi, il veut ta peau...
À un moment donné, c'est lui ou c'est toi.
Même si tu n'veux pas...
T'es bien obligé d'le tuer.
Parce que lui, il n'hésitera pas...
Il te fera pas de cadeau.
Mais lâche-moi un peu !
Personne ne t'a jamais forcé à entrer dans cette armée !
C'est un exemple stupide !
LA GUERRE, LA GUERRE, ça justifie tout !!
Moi, les ennemis, je ne les ai pas encore vus, en tout cas...
Par contre, des gamins trucidés, des gens torturés, des femmes brulées... Ça, oui !!!
Allons bon...
Pour moi, entrer dans la garde navale, ça n'a pas été un choix.
Mon père est commandeur, comme son père et son grand-père avant lui.
Mes frères ont choisi la cavalerie.

Comme ils brillaient dans ce rôle, plutôt que de choisir la terre, j'ai choisi la mer.
Et ça me convenait très bien.
Me retrouver loin de chez moi, j'en avais souvent rêvé.
Aaaah, oui ! Là tu as drôlement bien réussi ton coup !
CRAC !
ZUT !
PFFF
HA HA HA
Ce que tu peux être drôle, toi !
Allez, mon petit, je t'ai assez fait attendre. Je vais te montrer le cimetière des bateaux.
Des bateaux ?
Ici ?
Sur l'île ?!!

Ici, tu auras plus de chances de trouver des trucs pour construire ton radeau.
Faut juste y accéder, quoi...
Tu t'y connais bien, toi ! Viens avec moi !
Euh...

J'suis pas trop sûr.
Tu sais, moi, l'eau salée, le sable, c'est pas trop mon truc.
C'est vicieux, ça se glisse partout, ça gratte.
Puis il y a les AAAAARRR
Les sables mouvants. Quelle horreur !
Est-ce que ton bateau est ici ?
Non, pas du tout.
Et dis-moi, tu sais quel raffiot vaut la peine d'être sauvé ?
Il en faut un qui n'est pas trop pourri et qui peut être désensablé.
CRAC
Ça, c'est pas bon.
Je te laisse faire le tour. Moi, je n'irai pas plus loin.
KKRRR

Pourri.
CRAC
PLAF
Pourri.
Pourri !
CRAC
Pourri aussi.
CRAC
Par contre, il y a plein d'autres trucs, ici !
AAAAHH! Pas pourri !
Viens voir ! Celui-ci a l'air pas mal !
Je te crois sur parole !

HO HISSE
HO HISSE !
ALLEEZZ !
Impossible de bouger ce truc...
LAISSE TOMBER ! MÊME À QUINZE, ON N'Y ARRIVERAIT PAS !

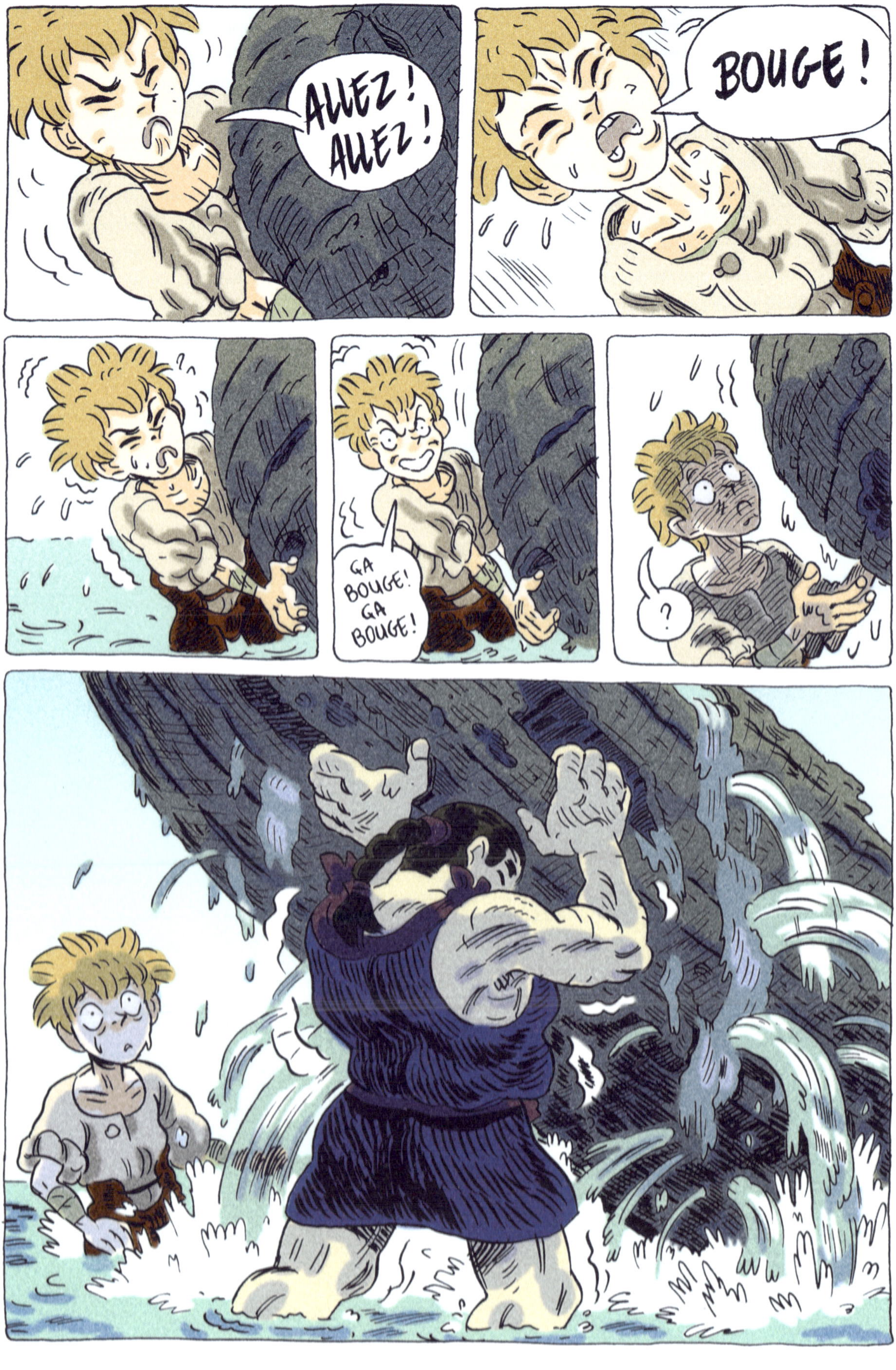
ALLEZ ! ALLEZ !
BOUGE !
ÇA BOUGE ! ÇA BOUGE !
?

Ce sera plus facile à bouger sans toute cette eau.
WIKS ! VERS LE LARGE !
FAUT LE DÉSENSABLER !
HA HA HA

Heureusement qu'il y en a qui n' hésitent pas à se tremper dans l'eau.
Pas de raison d'avoir peur...
PLAF
Er merde...
ALOU ! WIKS ! REVENEZ VITE !
VIIIIITTE !
Orville ! Tu viens m'aider ?
Mais calme-toi, enfin !
Content que tu aies changé d'avis !
Pas sûr qu'on aie besoin de l'épée.
DERRIÈRE-TOI
PLIC
DERRIÈRE TOI !

GROC
PLATCH !!
!!
AAAH
HAAA

SPLASH
FSHHHHHHHHH
PLAF

AH !
Il est là !
Il prend le large !
Est-ce que vous avez vu sa tête ??
Son visage...
C'est la première fois que je le vois d'aussi près !
Pas de doute. Je le reconnais.
Et c'est qui ?
Un mec que j'ai refroidi il y a quelque temps.
Refroidi...
Je suis sûr que tu l'as étripé.
Tu devrais avoir honte.
Pourquoi ?
C'était un ennemi.
Super ! Non mais tu entends ce que tu dis ?
Le tuer ne m'a fait ni chaud ni froid...
Je ne me rappelle plus très bien comment ça s'est passé, à vrai dire.

En tout cas, pas plus tard qu'hier, j'ai encore rêvé de lui.
Et là, ce monstre... C'est vraiment incroyable !
Je crois que je deviens dingue.
Par contre...
Ce dont je me souviens, c'est de ce que l'on a bu après cette bataille !
HA HA HA Mon ami !
Tu peux être sûr qu'on leur a sifflé toutes leurs bouteilles, à ces barbares !!
Une par-ci...
Une par-là...
Mais qu'est-ce qu'on a ri !
YO-HO-HO
SUR TOUTES LES EAUX D'LA TERRE !

YO-HO-HO
ET VOGUE LA GALÈRE !
YO-HO-HO
P'T'ÊT' BIEN JUSQU'AUX PÔLES !
YO-HO-HO
AVEC UNE BOUTEILLE DE GNÔLE !
HA HA HA !!
Vous ne connaissez pas ???
Ha Ha ha ! Mais qu'est-ce qu'on a ri, ce soir-là !
Tellement que je suis passé par-dessus bord !
HAHAHA
Heureusement que j'ai dérivé jusqu'à cette île !

TAC TAC CRAC TAC
... blabla blabla ...
... bliblibli ...
... bla bla blabla ...
Et puis là, tu dois bien enlever le pourri, sans en oublier, puis tu dois bien nettoyer tout ça avec des feuilles.
Tu sais, dans la marine, on voit ça tous les jours, alors ça me connaît !
Faut surtout pas lésiner !
KRAK
Faudra refaire les pièces, puis faudra calfater. On reprendra du bois sur les épaves.
Avec tous les trucs qu'on a déjà trouvés là-bas, il y a de quoi faire.
Je me demandais bien d'où vous teniez votre casserole.
J'allais quand même pas tout te dire le premier jour !
Allez, au boulot !

ZZZZ
COUPE
COUPE
GRRRR
WAF WAF
WAF WAF
WAF
WAF
WAF
WAF
WAF

WAF WAF
OOOOh, eh bien ils vont revenir… La belle affaire…
"Chien qui aboie est en bonne santé", comme disait ma grand-mère.
FFFF
BOM BOM
Wisk ?
REVIENS !
Elle est là-bas !

Ben merde alors, le pauvre petit...
Mais qu'est-ce qu'il s'est passé ?
Allez, viens...
On rentre à la maison...
Ça va aller.

AOOOUUUUUUUUU
Je vais la retrouver, la sale bête qui l'a tué !
Tu restes avec nous, cette fois !
C'est trop dangereux...
NE ME TOUCHE PAS !
ALOUETTE, TU VAS TE BLESSER, ARRÊTE !

CRAC

GRAC

COINCÉ !

Mais comment tu as fait pour arriver jusqu'ici ?
ALLEZ ! VIENS !
GLOUPS
PLOC
Je te cherche depuis bien trop longtemps...
FINISSONS-EN !
Slip
AAAAHHH
BAM

RESPIRE !
RESPIRE !
HHH

Tiens, prends ça, tu vas aller nous chercher de l'eau.
On se rejoint sous le pont.
Je veux pas y aller tout seul.
S'il te plaît...
Bon, écoute, tu dois bien apprendre !
S'il te plaît.
Je ne peux pas tout faire toute seule !
Vas-y maintenant !
Arrête de pleurnicher, pour une fois !
On se revoit dans cinq minutes.

Mais qu'est-ce qu'il peut être agaçant, parfois !
Et emporté, aussi !
Et puis qu'est-ce qu'il fout là ?
Je parie que je vais encore devoir aller le chercher.
TSSS.
En effet, il a dû se paumer...
Il a certainement rejoint les quais...
AU CHIEN VERT
!

Non.
... c'est impossible...
... pas encore...
... pas encore lui...
HÉ ! TOI, LÀ !
REVIENS TOUT DE SUITE !
REVIENS, JE TE DIS !

Merde ! Elle est partie par là-bas !
Je suis sûr que c'était elle !
PETITE !
BOOUU
Si tu veux revoir ton frère, il va bien falloir que tu te pointes !
Allez, on t'emmène, toi !
Mais quelle chance !
ALOUETTE !
ALOUETTE !
ALOUETTE !
TAIS-TOI !

BEUARG
SQUEEEEE!
SQUEEEEE!
SQUEEE!
HA HA HA
?

ALOUETTE ?
ALOUETTE ?
ALOUETTE !
Ça va ? Tu n'as rien ?
GAMIN !
On a eu peur, tu sais ?
Avec cette affreuse bête !
Mais quelle horreur...
Je crois qu'elle est morte.
Quoi ?

Tu... Tu sais ce qu'il s'est passé ?
Je ne sais pas...
Quand j'ai repris conscience, là, en bas, il y avait du sang. Du sang partout.
Tu dormais ?
Je l'ai trouvée, la bête.
Et je l'ai suivie quand elle est entrée dans la grotte.
Il y avait des dessins sur les parois...
Mais il faisait très sombre et j'ai glissé dans un boyau.
C'est là que j'ai perdu connaissance.
Je me suis rappelé de la dernière fois que j'ai vu mon frère !
C'est moi qui l'ai abandonné !

Tout ça, c'est de ma faute !
C'est moi qui l'ai forcé à aller à la fontaine tout seul.
Il avait peur. Il ne voulait pas y aller !
Mais je n'ai pas écouté.
Je l'ai envoyé tout droit dans la gueule du loup !
Et quand je l'ai vu se faire arrêter par les gardes...
... j'ai couru me planquer.
BIM
JE ME DÉTESTE !
JE ME DÉTESTE !
BEUUUUUUUUUUUEUUU
BEEUUUEUUU EUUUUUU

Maintenant que ce monstre a disparu, je vais facilement pouvoir terminer le bateau.
Je veux t'aider.
J'en ai ma claque, de cette île !
Sans me vanter, je connais un peu la mer.
Et gamin, je pense qu'à deux, on peut réussir la traversée. Tu en dis quoi ?
Gamine.
Commence par m'appeler gamine. Après, on verra.
Qu... Quoi ?
Alouette ?
Avant de partir, tu nous raconteras ce qu'il s'est passé avec ton frère ?
Mmh.

TCHAC TCHAC
Dire que je vous ai crus, avec vos objets soi-disant "ramassés sur la plage"...
Vous avez oublié de parler des épaves remplies de babioles en tous genres.
Faut jamais dire ses secrets au premier venu !
Si tu crois que je lui ai montré tous les bons coins de pêche...
HA HA HA HA
En tout cas, j'ai trouvé un arbre-racine, vous m'en direz des nouvelles !
Ça sent bon !
Ça change de quand tu es arrivé sur l'île !
C'est vrai que je n'étais pas très dégourdi !
Il pense qu'il l'est devenu, je crois...
Hu hu hu hu.
Tu étais tout peureux, quand tu es arrivé !
Ouais ! Moi, toutes ces bestioles, ça me rend dingue !
Et j'ai bien fait !
J'ai été parasité plus d'une fois !
Il est resté une semaine avec un ver-boa collé dans le dos !
Il n'arrêtait pas de le taper.
Oui, bon...
Ça va...
Maintenant, je sais qu'il suffit de le gratter entre les yeux pour le décrocher.

Vous vous êtes rencontrés comment ?
Pareil que toi !
Je suis bien vite tombé malade, seul sur l'île..
Wiks m'a ramassé, nourri et soigné.
Moi, je pensais que j'étais mort et que j'avais affaire à une sorte d'esprit salvateur.
Je l'ai un peu secoué, et il a bien compris qu'il était vivant !
Tu ne parlais pas comme maintenant ?
Non, pas du tout.
Mais comment vous vous compreniez ?
Eh bien, on ne se comprenait pas trop.
Tu as dû comprendre que sous ses airs mal dégrossis se cache un esprit fin et acéré.
ATTENTION, TOI !
Grâce à mon enseignement, elle a très rapidement appris les bases et les subtilités de notre langue.
Tu parles !
C'est surtout que, toi, tu es incapable d'apprendre quoi que ce soit !
Tu sais, c'est moi qui faisais l'apprentissage avec les plus jeunes.
Ooh, c'était il y a bien longtemps.
ALLEZ, ORVILLE ! SORS-LE, TON JEU !
C'est le moment ou jamais !

PLOF
PLIF
PLOF
ALOU
WIS
ORVILLE
CRR

pleut trop
'tites zailes
Dors, dors, dors, reste bien au chaud...
Mmmgn...
BRRRRRRR ! Mais qu'est-ce qui m'a pris de dormir dehors ?
'fait froid !
NON !
NON !
Nnnn...

ORVILLE !
ÇA VA PAS ?
NON
NON
NON !
Qu'est-ce que j'ai fait ?
HH
HH
HH
Mais qu'est-ce que j'ai fait ?
Je l'ai tué !
Je l'ai tué...

HHHHHH
HHHHHHHH
Si SEULEMENT...
Si SEULEMENT JE POUVAIS RETOURNER EN ARRIÈRE !

Quelques semaines plus tard.
Orville ?
Ça veut dire quoi, ce nuage, à ton avis ? C'est une tempête ?
Détends-toi. On aura peut-être un peu de pluie, c'est tout.
Tu crois que ça ira, pour partir demain ? En plus, avec les petits bouts de carte... J'ai pas confiance.
Détends-toi, je te dis. Au pire, la carte, je l'ai dans la tête. J'ai navigué, tu sais ! Faut pas avoir la trouille comme ça.
PFFF! N'importe quoi !
Si, tu as la trouille...
AÏE !

Alors ça y est...

On part demain matin !

TAK TAK TAK
WIKS ! On a terminé le mât !
On y est arrivé ! Je vais enfin pouvoir retrouver mon frère !
Vous allez partir.
On part demain matin !
Mais tu vas venir avec nous, bien sûr !
Non.
Vous partirez sans moi.
Mais enfin, tu es sûre que... ?
On ne va pas te laisser ici toute seule !
Je suis chez moi, ici !
Mais Wiks !
Arrête.

Laissez-moi.
S'il vous plaît.
SSHHHHHHHH

Il faut absolument qu'on arrive à la convaincre de venir avec nous.
PLIC
Tu sais, je ne suis pas sûr qu'elle arrive à se faire à la vie là-bas.
ON NE VA QUAND MÊME PAS LA LAISSER ICI !
On ne peut quand même pas la forcer.
TOI, TU VEUX L'ABANDONNER ?
Faut pas dire ça comme ça. C'est elle qui choisit de rester.
Non, c'est cette île qui la retient !
Je ne sais pas ce qu'il s'est passé ici, mais ça a dû être terrible.
Tu sais quelque chose, toi ?
Cette île est sur certaines cartes.
Ça veut dire que des gens sont passés par ici...
Qui sait ce qu'ils ont pu faire.
Tu sais, j'en ai vu, des choses, quand j'étais dans la marine.
Ça n'excuse rien mais, tu sais, je ne me rendais pas compte de ce que je faisais.
J'étais complètement aveugle.

Tu avais raison.
Et quelque part, je suppose que je le savais.
Quand je rentrerai, je vais essayer de changer tout ça.
Je t'ai dit que ma famille était plutôt influente ?
Si tu le dis !
ERRSSS
ERRSSS
Ça me paraît pas mal du tout !
On aura fini avant la nuit.

zzzzz...
zzzz...

SQUEEEE !
Mmmmgn.. Mais il fait encore nuit !
SQUEEE !
MAIS TAIS-TOI DONC !
GRMBL
JAMAIS TRANQUILLE !
À cette heure-ci, elle m'écoutera peut-être.
WiKS !
WiKS !
SWiSH

Tu les vois, cette fois…

Toute ma famille.
Mes soeurs.
Mon père.
Ma mère.
Cousins.
Et tous les autres.
Amies.
Ils sont là.
Je dois terminer ce que j'ai commencé.
Je sais ce que tu veux me demander.
Mais ma place est ici.
Avec les miens.

OUVRE LES YEUX, ENFIN !
Tu ne peux pas comprendre.
C'est moi qui les protège.
Wiks, je veux qu'on parte ensemble !
T'es comme ma maman, tu sais !
Je ne sais pas ce qu'il s'est passé...
Ça a dû être horrible.
Mais ça fait combien de temps ?
VIENS AVEC NOUS !
Ma vie est ici.
Je ne peux pas vous suivre.

Mais ce sont des fantômes !
Laisse-moi.
Je ne te laisserai pas ici toute seule !
Touche-les vraiment ! Ce ne sont que des ombres !
Tu vas trop loin.
MAIS CE SONT DES OMBRES !
TAIS-TOI !!!

JE... JE SUIS DÉSOLÉE !!!

Ah ! Alouette !
Je te cherchais !
Il ne manque plus que toi.
Holà...
Qu'est-ce qu'il se passe ?
C'est Wiks...
Ah.
Je t'avais dit qu'elle ne changerait pas d'avis. Elle est comme ça.
Je vais essayer de lui parler.
Je reviens !
Elle ne viendra pas.
Je peux te dire que c'était clair.

FSSSS !
KRii
KRiii
KRiii
Orville !
Orville, ça y est !

Suis-moi. Je connais le meilleur moyen de trouver ton frère.
Qu'est-ce que tu racontes?
Où qu'il soit.
Tu sais dans quelle prison il se trouve, peut-être ?
Non.
Alors je vais t'aider.
Tu ne vas pas trop apprécier, mais fais-moi confiance.
On va le trouver.
Je pense qu'on ne devrait pas être ici...
Si un garde nous repère, c'est le cachot!
MESSIEUUURS!
Arrête!
zzz
Veuillez prévenir Son altesse le duc de Delzenne que son quatrième fils le demande!
Mais tais-toiii!

EH BIEN !?
HAHAHA !
Et moi, je suis la petite nièce de l'Empereur !
Par contre, tu dois savoir que la mendicité est interdite ici.
Allez ! On vous embarque !
Mais enfin ! Je vais vous faire mettre aux fers !
Allez, on s'en va !
BOM
Je ne vous permets pas !
LÂCHEZ-MOI !
JE SUIS ORVILLE DE DELZENNE-BELCQUART !
Amenez-moi ce drôle.
Mais maître !
Exécution !
JE SUIS LE FILS DU DUC !!!
LIBÉREZ-MOI, SALES CHIENS GALEUX !
AARRR !!

Tu oses salir mon nom en usurpant l'identité de mon quatrième fils...
... lui qui mourut voilà sept longues années ?
Tu dois ignorer qu'il s'est brillament illustré lors de la bataille qui l'a vu périr.
MMH MMH ! MMH !
Il nous laissera à jamais un souvenir glorieux, teinté d'une énorme peine.
Et toi, manant, tu viens réveiller cette vieille plaie...
MMMH ! MMMH !
Pour ce crime, c'est de ma propre lame que tu vas trépasser.
Sire ! Épargnez-vous cette besogne. Nous l'exécuterons.
Laissez-le dire ses derniers mots.
MMMH !!
PÈRE !
VOUS NE ME RECONNAISSEZ PAS ?
Grands dieux !
Libérez cet homme !

Et voici Orville de Delzenne-Belcquart de Susigny-Pontour, quatrième fils du Duc Balthus de Delzenne-Belcquart de Susigny-Pontour.
Miraculé des mers, il nous revient après sept ans d'absence.
Il a subi mille périls. Souhaitons-lui bon accueil.
CLAP CLAP CLAP CLAP
Dès que cette mascarade sera terminée, tu auras un laissez-passer pour toutes les prisons du pays.
Pourquoi tu ne m'as rien dit avant ?
Tu penses que tu m'aurais écouté, si je t'avais dit la vérité ?
Fais-moi confiance, je ne te lâcherai pas.
HUM HUM

Père ?
Ainsi donc, tu étais vivant.
On m'a rapporté que tu étais passé par-dessus bord complètement ivre...
J'ai dépensé sans compter mon argent et mon énergie pour maquiller cette bouffonnerie en mort héroïque.
Tu étais un enfant tellement prometteur...
Maintenant, tu reviens comme une fleur.
Fais attention, je ne tiens pas à ce que notre famille devienne la risée de la ville.
Heureusement que j'ai toujours pu compter sur tes frères pour m'épauler.
TAP TAP
Ils ne sont pas là ?
Hélas, ils avaient à faire.
Profite bien du banquet.

Voilà, tu as rencontré mon père.
Un chic type.
HAHAHAHA!!!
C'est dingue.
Je croyais dur comme fer ne plus rien attendre de lui.
Mais si je suis honnête...
Je pense qu'au fond de moi, j'espérais qu'il serait content de me voir.
Après tout ce temps...
C'est bête !
Mais qu'est-ce que je fous là ?

Je veux dire... On va chercher ton petit frère...
Mais après ?!
Je suis seul ! En fait, je n'ai plus personne, ici !
HiHiHi!
Dis-moi ce que je dois faire ! Tu me connais bien, toi !
Je ne sais pas, moi.
Au moins, tu as le choix. Ce n'est pas le cas de tout le monde.
Mmh.
Mais ça ne m'aide pas.
Qu'est-ce qu'elle me dirait, Wiks ?
Un truc du genre :
Tu comptes garder ce déguisement encore longtemps ?
HAHAHA Tu l'imites bien !
Wiks...
Il faudrait faire tant de choses, ici...

Deux prisonniers, aujourd'hui. Vérifiez donc !
C'est bon, le compte y est. Va empester ailleurs, sale charognard !
Personne n'en veut, de ces macchabées.
Va savoir ce qu'il va faire avec !
Hum.
Allez, viens avec moi. On va aller le chercher, ton frère.

Messieurs !
Nous devons entrer en cette prison. Voici le cachet du Duc.
Vous cherchez quel genre de garçon, au juste ?
Pour quelques sous, je vous indiquerai les plus obéissants.
Méfiez-vous ! Certains mordent, d'autres tuent.
Vous courez grand péril si vous ne choisissez pas un de ceux que j'ai moi-même disciplinés.
Tu ennuies Messires. Tais-toi un peu.
Nous voici dans l'aile des plus jeunes.

Pilou ?
Pilou ?
Pilou ?
Pilou ?
ALLEZ, MONTRE-TOI !
C'est moi !
Tu ne te rappelles pas de ton ami fidèle ? Sors-moi vite d'ici !
PAF
AÏE !
MAIS ENFIN !
GNNNN

Qui que vous soyez, je dois maintenir l'ordre dans cette prison.
Ici, les règles du Duc sont inflexibles. C'est deux jours de cachot pour un accrochage.
Quoi ?! Mais vous voyez bien qu'il est blessé !
Ça fera quatre jours de cachot.
NOOOON ! S'il vous plaît !!
Il faut qu'on retrouve ton frère. Reste concentrée.
Non.
Non.
Vous connaissez un Pilou ?
PILOUUUU !
TU ES LÀ ?
Hé, là !
Pas de cris ici, c'est interdit !
Dernier avertissement.
Mais ? Cette fille... Pourquoi elle est couchée comme ça ?
Vous ne pouvez pas la laisser comme ça !
Bien. Si vous avez terminé votre visite, on vous raccompagne.
Non merci !
Ça va aller.

Je ne connais pas de Pilou ici. Mais je ne suis pas là depuis si longtemps...
C'est bien possible que j'en connaisse un...
Tu vas me faire sortir d'ici ?
PSST ! J'ai rien fait de mal, je le jure !
Il faut me relâcher !
Pas de Pilou ici.
Prends-moi à sa place. Tu ne le retrouveras jamais.
C'est une méprise ! Ma famille m'attend !
PILOU PILOU PILOU HAHAHAHAHAHA !
Regardez, Sire ! Ils ont tellement tapé mon cousin qu'il en a perdu sa jambe !
Donne ça au boulanger de la rue Grande. C'est mon père !
On me prend ma nourriture...
Je m'appellerai comme vous voulez si vous me prenez avec vous.
FAITES UN TROU ! L'ÂME VEUT SORTIR !
Non, 'connait personne de ce nom-là, Seigneur.

CLONG !
Ne t'inquiète pas.
On va le trouver.

C'est pas possible.
T'inquiète !
Il est peut-être sorti, depuis le temps.
Il pourrait être partout.
Pas possible !
Il devait être là !
Hé, petite !
Est-ce que tu es sûre de vouloir passer ce pont ?
La vérité est parfois bien difficile à voir.

TAIS-TOI, VIEUX FOU !!!
Oooh, je suis aveugle mais pas fou !
Et malgré ma cécité, il semble que je voie bien plus clair que cette petite...
Alouette ? Ça va ?
AAAAAAAAAAAAAAAAAAAAA

HHH
PAF
HHHH
HHH
HHHH
PAF
HHH
HHH
HHHH
HHH
HHH
À LA

PFFFFF
PIATCH
BOUCHERIE

HHHH
HHHH
HHH
HHH
PAF
PAF
PAF

ALLEZ-VOUS-EN !

ALOUETTE !
ALOU ETTE !

LAISSEZ PASSER !
ALOUETTE !
LAISSEZ-MOI PASSER !

ALOUETTE !

KLONG
LÂCHE-MOI.
S'IL TE PLAÎT !
Ça va aller, Alouette.
Ça va aller.
Mais qu'est-ce que tu as fait ?
IL EST MORT.
C'EST MA FAUTE.

IL EST MORT !
Tu ne comprends pas.

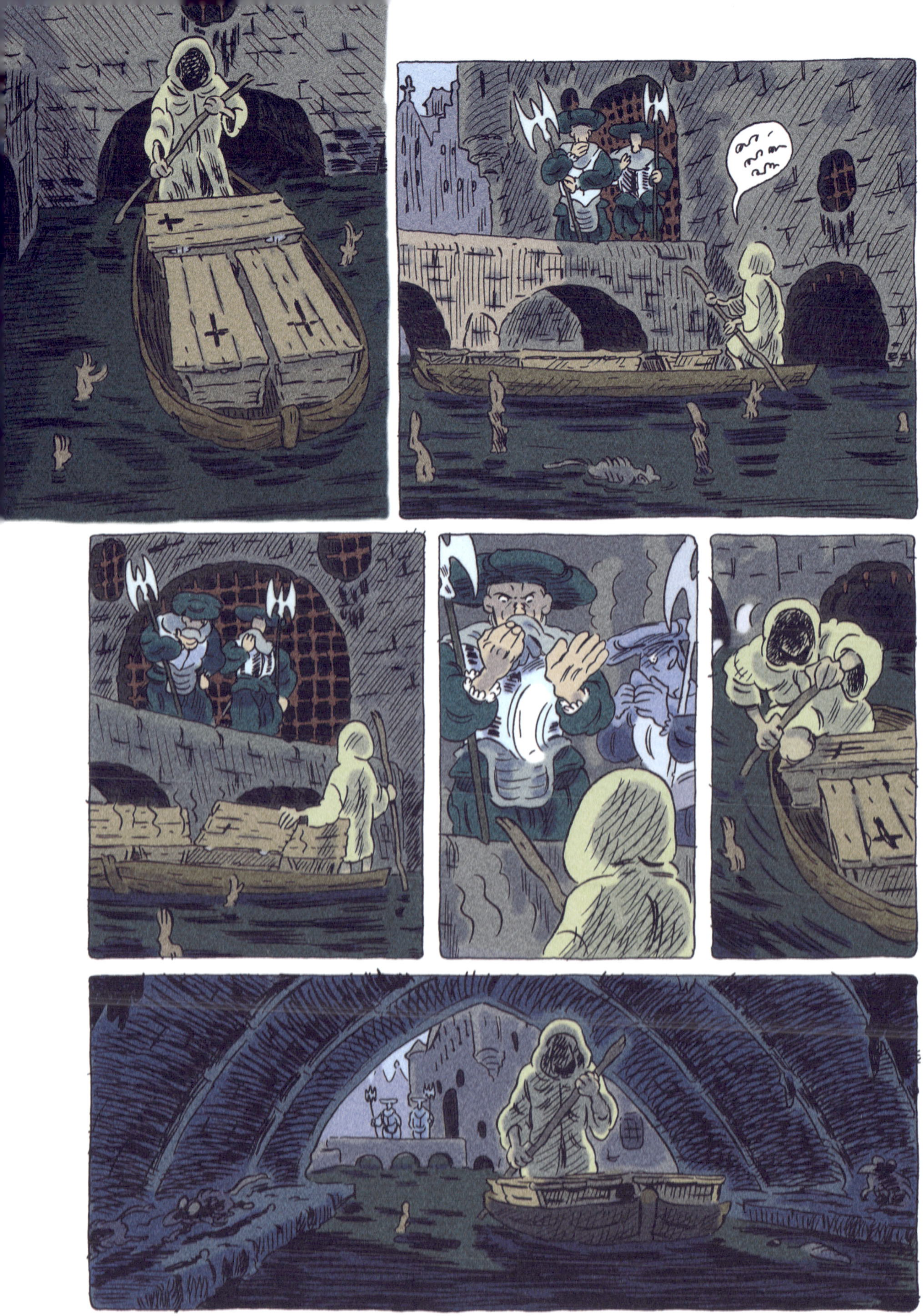

TOC
TOC

Fiiiiiiiiiiii

Alouette ? Tu vas où ?
J'arrive.

ANDREA DELCORTE